결혼한 유미씨는 못말려

결혼한 유미씨는 못말려

지은이 **호시노 유미**
옮긴이 **한유키코**

나무생각

Let's go!

바다가 보이는 마을에서
멋진 남편과 함께하는 삶.
집안일을 소홀히 하는 데에는 빈틈이 없고
주말에는 남편과 손잡고 사이좋게 쇼핑!
조금은 덜렁거리는 성격이지만
오늘도 마냥 행복하답니다.

등 장 인 물

남편

전형적인 샐러리맨
동글동글한 외모에
부드러운 피부 감촉이 매력.
취미는 아내 약올리기.

유미

설치류를 닮은 못말리는 주부.
특기는 남편 깨물기.
소용없는 줄 알면서도
온갖 다이어트에 여념이 없다.

*설치류 : 다람쥐같이 앞니가 발달한 포유동물

Prologue

안녕하세요.
멋쟁이 유부녀 유미입니다.
"'지바'잖아. '도쿄'라고 하지 마!"
도쿄만
야 대문이야!
이렇게 괄시받는 우리는 지바 현, 우라야스 시에 살고 있답니다.
우라야스 역
도쿄 방면 →
도심에서도 가까워 정말 편하죠.
긴자까지 20분
영화, 쇼핑, 레스토랑 등 있을 건 다 있는 쇼핑몰에
해변은 남국의 리조트 같아요.
제가 사는 우라야스 에는 좋은 점이 참 많아요.

결혼한 유미씨는 못말려

이렇게
좋은 곳에
사는 우리를
다들 부러워
한답니다.

우리
부부는
사이가
아주
좋답니다.
(예외일 때도
살짝 있음)

시에서
거저 주는
친환경 백

이것도
저것도
쪼~것도

쇼핑은 역시
밤 쇼핑이 최고야~

언제
어디서나,
슈퍼 갈 때도
함께합니다.

사실
같이
올
생각은

없었
는데
……

어때요?
정말
사이 좋죠?

아주
좋았지.

호
~

머시라!
자기~
나 말이지
다음주
출장이야.
2박 3일.
아이이잉~
투덜
투덜
둥
둥
둥
둥
어떡해~
회사에서
가라는데~
달래긴
글렀는걸
씩!
씩!
씩!
꽈
아
아
악!
킁
킁
킁
킁
와락!
아!
우리 자갸
냄새를
사흘씩이나
못 맡게
되다니 ~~
그만
하지
남편 목에서 나는
페로몬 향이
얼마나 좋은데요.

별호한 유미씨는 못말려

우라야스 역
Urayasu Sta.

아이 어떡해~

어머!

여보오~
오오~
감격의 눈물

자갸, 땡유!
받아.

남편과 결혼하길 참 잘했다고 느끼는 순간입니다.

남편이 우산을 가져다 주는 그 순간!

성인오락실

먼저 가! 난 여기 잠깐...

으~ 그럼 그렇지!

앗싸 앗싸

이런 생활을 컴퓨터에 그림일기 식으로 올렸더니 책이 되었네요.

미소 한 번 살짝 띄워주시면 감사하겠습다~ 우리 이야기 재미있게 봐주세요.

이 책은 한 칸 일러스트 에세이입니다.

'그림일기' 처럼

그림 한 컷과 그에 딸린 글을 보면 됩니다.

1. 일러스트를 본다.

2. 글을 읽는다.

이렇게 보는 것이 맞습니다.

어느 정도 익숙해지면 내키는 대로 보세요.

각 페이지 맨 아래에 있는 '한마디 더!' 도

재미있거든요. ^^

1　그림

정성껏 그렸으니
예쁘게 봐주세요.

:안성맞춤 사이즈

조미료를 다 쓰고 나면 내가 정말 모범적인 주부라는 생각
이 듭니다.

음~ 역시 난 대단해!

그런데 새로 사러 가는 건 영…… 무거워요.

2　주제어

그림 제목입니다.

3　글

에세이 부분.
재미있고
유익해요!

4　한마디 더

유익한 정보나
정곡을 찌르는
한마디!

제1장

유미씨는 살림의 여왕

이래봬도 주부!
집안일은 즐기면서
요모조모 생각하면서.

안성맞춤 사이즈

조미료를 다 쓰고 나면 내가 정말 모범적인 주부라는 생각
이 듭니다.

음~ 역시 난 대단해!

그런데 새로 사러 가는 건 영…… 무거워요.

누구한테 시키지? 여~보~~~

컵라면

컵라면 다 먹고 난 컵에 아이스커피를 타주었더니
고마워하기는커녕 저 이상한 눈빛은 뭐지?
시원함을 유지하는 데 이만한 것이 없는데…….

한마디 더

칭찬해주지는 못할망정…….

: 유미표 손맛 샐러드

요즘은 '유미표 손맛 샐러드'에 확 빠졌어요.

채소를 알맞은 크기로 자르고 소금을 뿌려서 주무르기만

하면 끝!

양배추, 당근, 허브 등 물기가 많지 않은 채소가 좋아요.

한마디 더

드레싱은 기호에 맞게!

이불 널기

남편에게 이불 좀 널어달라고 했더니 헉! 가로로!
하긴 이불을 '세로'로만 널어야 하는 건 아니지…….
가로로 너니 키가 작은 저도 쉽게 '탈탈' 털 수 있네요.
나도 모르게 고정관념에 사로잡혀 있었나봐요.
한 방 먹은 느낌이었습니다. ^^

한마디 더

이불은 두들기지 말고 쓸 듯이 먼지를 터는 것이 요령입니다.
솔이 달린 이불 털개가 편합니다.

화장지

우리 집 화장실에는 화장지가 항상 잘 갖추어져 있습니다.

바로 남편의 소행이지요.

저는 다 떨어질 때까지 절대 채워두질 않거든요.

결혼한 후 지금까지 항상 득 보는 기분.

남편은 손해 보는 기분일까요?

한마디 더

화장지, 전 두 겹짜리를 씁니다.

집안일은 싫어

"당신, 다림질하고 담 쌓았지?"

"어머! 어떻게 알았어?"

"곧 설거지하고도 담 쌓겠구만."

"어머, 당신 귀신이당. 그건 또 어떻게 알았어?"

"그럼, 뭘 하겠다는 거야?"

"뭘 하긴…… 안 하지……."

"머시라!!!"

한마디 더

그래도 한다! 나는야 주부!

가스레인지 청소

물 끓인 주전자엔 항상 남는 물이 조금씩은 있죠.

이렇게 남는 물은요, 가스레인지에 부어서 화장지로 닦아

내면 청소 끝! '콜럼버스의 계란' 못지않은 대발견!!!

어때요? 몰랐죠?

이미 아는 얘기라구요?

근데, 난 왜 몰랐지?

한마디 더

물 주전자는 주둥이가 가는 것이 좋아요~

집안일 돕기

주부가 제일 싫어하는 가사노동 제1호는 '설거지'라고 합니다. 가족들은 배불리 먹고 뒹굴뒹굴 누워 있는데 혼자서 설거지하려면 왕 짜증이죠! 이럴 때 힘이 되어주는 건 역시 가족뿐.

어머니와 아내에게 고맙다는 말 한 마디와 살짝 거들어주는 센스! ^^

한마디 더

남편이 하면 석연치 않은 마무리……. 그래도 칭찬하시라! 그래야 또 한다!

시선이 머무는 곳

게임 컴퓨터의 위치

아마 당신 시선을 끌고 싶어서 그러는 걸 거야. 무의식적이지만…
아이고

밥상의 위치

히터의 위치

땡큐!

삐로리로

잘 먹겠습니다.
털썩!

헉!
왜 항상 내 시야를 가리고 그래?
그게… 그러니까… 실례지?

하아! 춥다
털썩!
후다닥
끝

집안일과 남편 교육

남편과 같은 직장에 근무하던 저는 결혼 후 퇴직하고 전업주부가 되었습니다.

결혼 전에는 집안일을 거의 하지 않았기 때문에, 요령이 없어 일 년 동안은 익숙해지는 데에 전력투구했습니다.

처음에는 맛없는 크로켓을 만들고, 와이셔츠 한 장 다리는 데 30분씩이나 걸렸죠. 그래도 일취월장! "좋~아! 됐어! 난 천재야!" 이렇게 생각한 때는 이미 늦어버린 뒤였습니다. 그러니까…… 머시냐…… 너무 열심히 했다는 얘기죠. 무슨 소리냐구요? 남편은 집안일 따윈 거들떠보지도 않는 사람이 되어버렸거든요.

몇 년 후, 일러스트 일이 많아진 저는 머리를 굴렸습니다. 남편에게도 집안일을 분담시키기로 말이죠.

남편은 처음에는 바쁘다느니 잊어먹었다느니 핑계를 둘러대더니, 설거지나 빨래 너는 일을 조금씩 도와주기 시작했습니다. 남편이 본래 착하거든요. 하지만 남편이 설거지하면 물 낭비가 심한 데다, 그릇에 거품이나 찌꺼기가 남아 있기 일쑤예요. 그래도 잔소리하지 않고 몰래 다시 해두고는, "자기, 고마워! 정말 힘든 일 덜었네." 이런 말을 많이 해주었어요. 맞아요! 칭찬해야 또 해주거든요.

이제 그 두 가지 일은 안심하고 맡겨도 된답니다. 남자는 말이죠, '이게 내 일이다' 싶으면 목숨 걸고 하는 성향이 있어요.

'처음부터 교육 잘 시켰어야 했는데…….' 이런 생각이 드시는 분도 지금부터 포기하지 말고 잘 다독여보세요.^^

집안일 돕기

유미씨의 뷰티풀 라이프

제2장

쉽고 재미있게 예뻐진다!
저의 셀프 케어 비법을
살짝 알려드릴게요.

유리로 된 손톱정리기

체코는 유리 제품으로 유명하죠.

이게 바로 'BLAZEK'의 손톱 정리기랍니다.

보통 유리보다 열처리가 네 배나 강하게 되어 있다고 하는군
요. 몇 십 년을 써도 그 기능은 전혀 떨어지지 않는답니다.

실제로 써보니, 삭삭 문지르기만 해도 손톱이 사르르 갈려
서 예뻐져요.

제 손톱 보면 연예인도 울고 갈 걸요? ^^

한마디 더

손톱깎이라면 GREEN BELL의 제품이 잘 들고 좋아요.

워킹

정형외과 선생님께서 걷기를 추천해주셨습니다.

매일 거르지 않고 걷기만 잘 해도 몸의 균형이 잡힌다고 합니다. 가지고 다니는 짐은 등에 지거나 힙백을 이용하여 손에 들지 않는 것이 요령.

모델처럼 걷는 연습을 했더니 계단 오르기도 편하고 다이어트에도 효과가 있었습니다.

사람에겐 바르게 걷는 게 참 중요하네요.

'ECCO'라는 워킹화(덴마크 왕실 전용)가 일반 운동화 느낌이어서 OK!

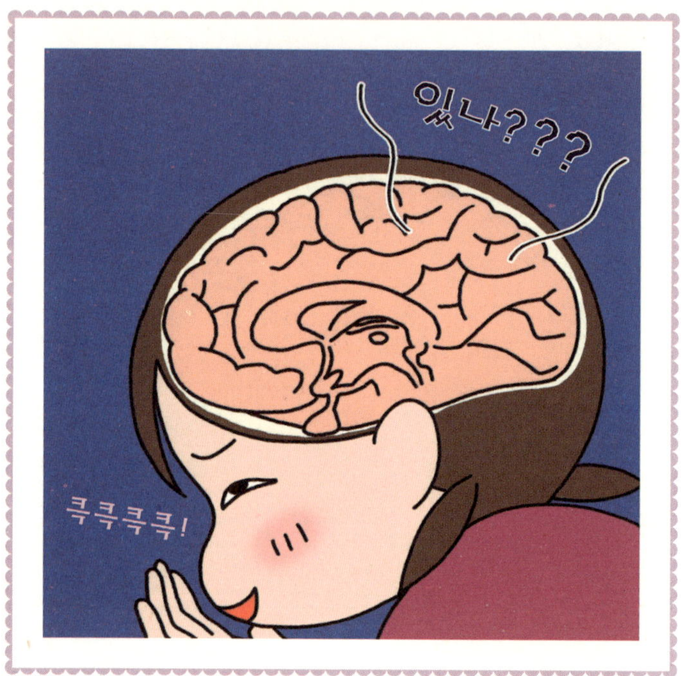

욕조 다이어트

욕조에서 물을 입에 머금고 있으면 땀이 많이 난다는 정보를 입수했습니다. 물이 입 안에 있으면 '수분이 몸에 들어간다'고 뇌가 착각을 일으켜 불필요한 수분을 땀을 통해 몸 밖으로 내보낸답니다.

…… (몇 분 경과)

어머~ 정말 땀이 나왔네! ㅋㅋ 뇌야! 속았지롱! 우헤헤!

미리 수분 보충하세요! 그리고 입에 머금은 물은 마시지 않는 것이 좋다네요.

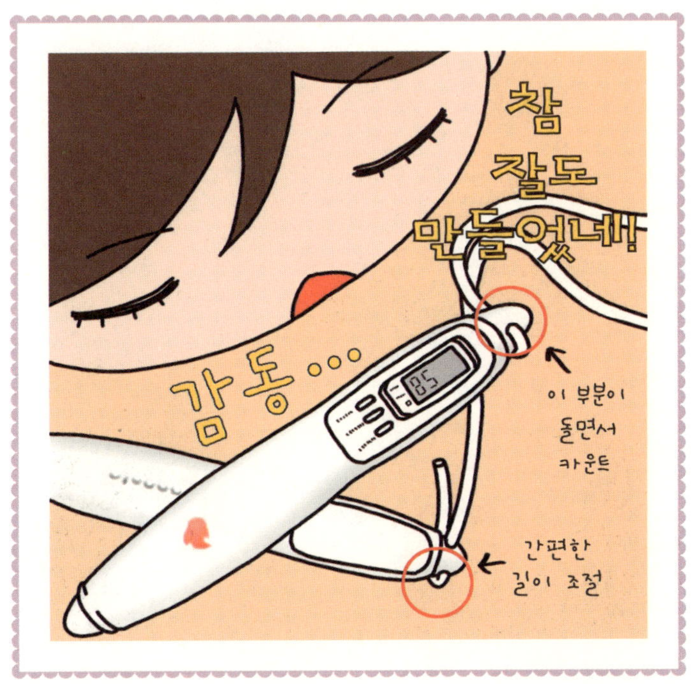

°칼로리 점프

칼로리 소비량을 측정해주는 줄넘기. 줄넘기 횟수를 정확하게 세어주면서 무겁지도 않고 길이 조정도 완전 간단!

다다다다다다다다다다닷!

30회를 쉬지 않고(힘들다) 해봤습니다. 2키로칼로리…….
힘 빠진다. 그래도 수치가 표시되니까 동기 부여는 확실하게 되는군요. 재밌어요!

작심삼일이 안 되길…….ㅠㅠ

아몬드

'건강' '노화 방지' 이런 말만 들으면 사족을 못 쓰는 저랍니다. 저녁 뉴스 시간에 아몬드의 효과에 대한 정보가 소개되었습니다.

'비타민E가 풍부' '콜레스테롤 감소 효과' '하루 20알씩 일주일이면 10년이 젊어진다!'

뛰었습니다. 빗속을! 대형쇼핑몰까지! 헉헉헉!

한마디 더

내가 왜 뛰었지? 남편 시키면 될 걸!

간단 체조

남편의 적극적 지지 속에서(사실은 강요) 그림과 같은 운동을 하루 한 시간씩 하고 있습니다.

작년에는 이렇게 해서 살이 빠졌는데, 올해는 왜 전혀 반응이 없을까요?

앞으로는 더 열심히 하겠습니다.

삼!
사,
사...
ㅁ

체력 측정

간단한 체력 측정법이 있습니다.

한 발로 서서 눈을 감고 손으로 숫자를 크게 써나갑니다.

팔을 움직이면 의외로 균형 잡기가 어려워요.

3까지 쓰면 20대 체력.

2까지면 40대.

전혀 안 되면 70대라고 하네요……. ^^

주름 펴기

서른이 되고부턴가 눈을 위로 치켜뜨면 이마에 주름 잡히
는 게 확연히 느껴지더라구요.
그런데 얼마 전 TV에서 하루 5분 정도 머리카락을 잡아
당겨 피부를 자극해주면 좋다는 이야기를 들었어요.
그런데, 그게 정말 효과가 있더라구요!
아, 글쎄 이마의 주름이 사라졌어요!

한마디 더

오래 가지는 않지만, 사진 찍기 직전이라면 효과 좀 볼걸요……ㅠㅠ

ː '**SPF**' (션 스프레이)

화장한 얼굴에는 물론 머리나 옷에 뿌려도 되는 스프레이
식 자외선 차단 기능.
잠깐 외출할 때에도 칙칙 뿌리기만 하면 OK!
단, '얼굴에는 두 번만'이라고 적혀 있는데, 왠지 부족할
것 같은 느낌에 자꾸만 더 뿌리게 되네요.
근데, 왜 이렇게 빨리 줄지?

좀 더 싸게는 안 되겠죠?

다이어트

만년 다이어터 유미입니다.
워킹 중이랍니다

풍선 불기
돈이 들지 않는 다이어트는
등 냉각
발판 구르기

다 써봤지만…….
된장 김치
죽염
두부

기다려~
같이 가~
살
오지 마!
만지지 마!

잘 돼가?
묻지 마
…

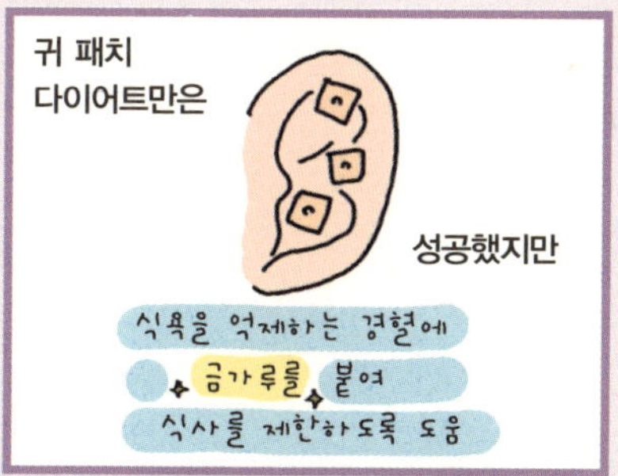
귀 패치
다이어트만은
성공했지만
식욕을 억제하는 경혈에
금가루를 붙여
식사를 제한하도록 도움

상상을 초월하는 돈이 들어서 추천하기가
곤란하네요……
돈이여
안녕…

-15KG
1년 전
좌우지간
성공입니다…
호호호호

+5KG
현재
물컹
물컹

정말
너무
해!!
불쑥

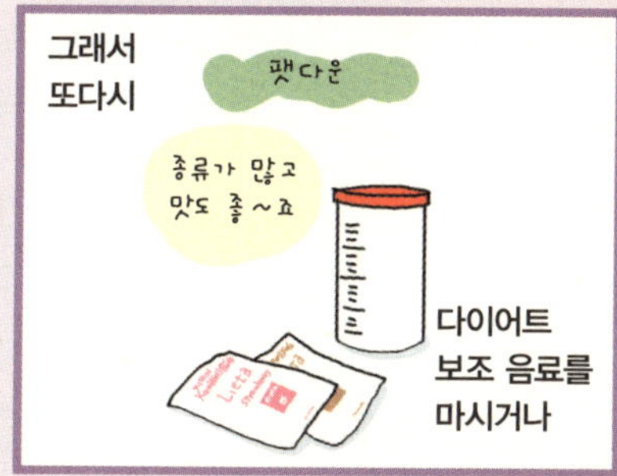
그래서
또다시
팻다운
종류가 많고
맛도 좋~죠
다이어트
보조 음료를
마시거나

밸런스볼을 구입하기도 합니다.
얍!
얍!
얍!

그러나!! 다이어트로부터 해방되는 날은
평생 오지 않을 것임을 깨닫는 것이
중요합니다.
살
잡았다!

영구 제모

쓸모없는 털이 어디 있겠어요? 다 쓸모가 있으니까 난 거겠죠. 그래도 현대 여성에게 겨드랑이 털은 좀 아니올시다입니다. 그거 관리 잘못했다가는 창피당하기 딱 좋죠.

그래서 비쌀 것 같기도 하고 귀찮기도 해서 가지 않던 영구 제모 센터에 친구의 꼬드김에 못 이기는 척하고 따라가지 않았겠어요? 호호호.

레이저 시술로 모두 다섯 번이면 OK! 비용은 5만 엔(친구랑 세트여서 각각 3만 5천 엔). 먼저 자세한 설명을 들은 후에 시술 시작. 피식피식 하는 소리와 함께 고무링으로 겨드랑이를 두드리는 듯한 느낌. 레이저와 함께 찬물(?)이 나와서 통증이 경감됩니다. 한쪽 시술하는 데에 1분 정도면 끝! 그 다음에는 잠시 식힌 후, 만약을 대비해 바르는 약이 나옵니다.

조금 벌개지기는 했지만, 불쾌함도 없었어요. 그런데 털이! 털이 나지 않는 거 있죠! 얏호!

두 달 정도 지나자, 처음에 설명해준 대로 휴면 중이던 모근에서 스무 가닥 정도 털이 나와서 다시 갔죠. 그리고 또 눈깜짝할 사이에 끝! 다섯 번 정도 하면 완벽하게 끝난대요. 그 성가시고 귀찮던 털뽑기의 고통이 사라진다니!

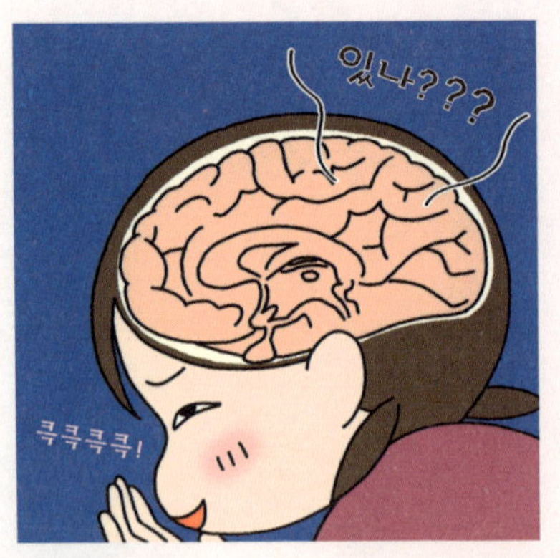

욕조 다이어트

우리 부부의 사랑 일기

제3장

사랑을 향해 돌격 앞으로!

여심(女心)

뽀뽀해달라거나 안아달라고 떼를 쓰면 남편은 "아까 해
줬잖아." 아니면 "아침에 했잖아." 하고 말합니다.

아이 참!
몰라도 한참 몰라요~!
여자는요, 사랑받고 싶어 하는 존재라구욧!

한마디 더

남자의 의무, 거기까진 심하잖소?

: 충전 중

남편이 옆으로 누워 있을 때!
그때가 바로 충전 찬스!!!

휴대폰을 충전기에 꽂는 뭐 그런 식이죠…….
남편이 좋아하느냐구요?
ㅋㅋㅋ 당근 싫어하죠.^^

이렇게 충전하는 사람은 별종이라는 소문. 진짜로~?

식탁 풍경

밥그릇이 없다.

하나만 남고 전멸.

반찬그릇에 밥을 담은 나.

밥그릇은 남편에게 양보.

저, 참 기특하죠? ^^

이후 밥그릇을 샀는데, 또 하나만 남고 다 깨뜨리고 말았습니다.

조종

남편에게 "도시락 맛있었어?" 하고 물으면 "최고였어."

다들 따라하세요!

"최고였어." "최고였어." "최고였어."

기분이 하늘을 날아다녀요. 내일은 더 맛있는 도시락을 위해!

한마디 더

이 밖에도 '당신과 결혼한 건 참 행운이야!'가 있지만, 너무 많이 써먹어서 효과가 떨어짐.

STEP 1
사삭!
착!
STEP 2
← 균형잡기

: 나의 필살기

Step 1

등을 지고 비스듬히 앉아 남편을 방심하게 만든다.

Step 2

잽싸게 쓰러지며 가슴속으로 파고든다.

바로 내팽개쳐지지만, 성공률은 높다!
가장 최근에 개발한 기술입니다.

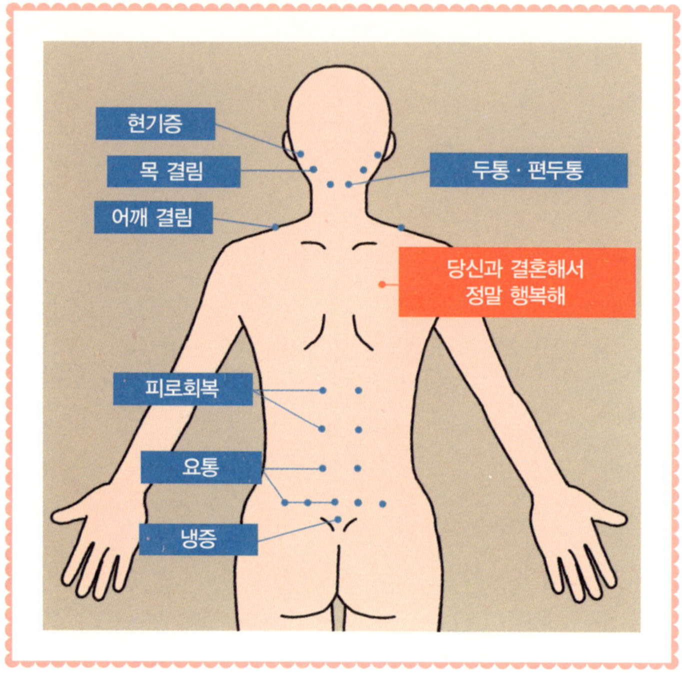

ﾟ사랑의 포인트

획기적인 포인트를 발견했습니다.

남편의 등을 문질러주었더니 **"당신과 결혼해서 정말 행복해."** 이 말을 다섯 번이나 하는 거 있죠.
그런데 이 말을 할 때는 오른쪽 견갑골을 문질러줄 때랍니다.

상대에게 호감을 갖게 하는 포인트 아니냐며 수상쩍어 하더라구요. 꼭 시험해 보세요.

남편은 '마사지'를 '맛싸'라고 합니다.

사치

"안아줘~" "비켜줘~"

"안아줘~" "비켜줘~"

"안아줘~" "비켜줘~"

있을 때 잘해! 후회하지 말고!

한마디 더

게임 중이네, 식사 중이네, TV 시청 중이네, 하며 항상 훼방꾼 취급한다니까!

야
호
ㅡ
초음파 …
← 지갑

:놀래키기

남편은 평일에도 쉴 때가 있습니다.
지갑을 양복에서 꺼내 탁자 위에 놓는 것이 '다음날은 휴일' 이라는 표시.
'내일은 쉬는 날이야' 라고 말을 하면 누가 잡아먹기라도 하나?
그렇게 나를 놀래키고 싶은 건가?·

아내의 진화

남편은 늘 갑작스레 말을 꺼냅니다.

남편 : ○△□……지?
 …… 정지! 되감기(차르르르르르), 재생! "○△□ 신사지?"
나 : 응? 으응! 신사지, 그럼.

대화를 이어갈 수 있게 되었습니다다. 음…… 대단한 발전.

'가끔은 일부러 못 들은 척'하는 수법도 쓰거든요…….^^

액세서리

새해 바겐세일에 갔다가 한눈에 반한 장미 모양 반지.
코럴핑크색을 좋아하거든요. 아이~ 예뻐~♡

"당신 그 반지, 그거 비슷하게 생겼네."
"그거라니?"
"왜 있잖아. 그거 말야, 그거."

내 들뜬 기분 돌리도!!

그거

: 아내의 실언

"이 고기 맛있다!"

"맛있지? 당신 주려고 사왔단 말야~ 우리나라 쇠고기야!
싸더라구!"

"나 주려고…… 싼 걸……?"

아차! 싶었지만 "좋은 물건 싸게 사면 좋지 뭐." 하며 무마
하려 했습니다. 한 번의 실언이 그만……. ㅠㅠ

한마디 더

'50% 세일'보단 '반 값'이 더 가슴에 와 닿죠. 그죠?

: 부부의 커리

살이 맞닿지 않는 한 멀다고 느껴진다구요.

한마디 더

남편 : 전에 내 방을 만든다는 계획 했었지?

아내 : 똑같은 이유 때문에 취소된 걸로 아는데 ……

거미줄

우리 집에는 거미가 자주 나타납니다.

"난 이런 거 죽이지 않아."

"나도 그래! 항상 조심스럽게 밖으로 내보내준다구."

"난 아마 복을 많이 받을 거야."

"나한테는 거미줄이 밧줄로 변할 걸?"

두 사람 모두 지옥에 떨어질지도 모른다는 전제?

한마디 더

아쿠타가와는 많은 거미를 구해줬을 거예요.

주) 아쿠타가와의 소설 중에서 〈거미줄〉이라는 단편이 있다. 생전에 죄를 많이 지어 지옥에 떨어진 한 남자를 석가모니가 가엾게 여겨, 거미줄을 내려 극락으로 올라올 수 있는 기회를 주지만, 이기심 때문에 거미줄이 끊어지고 다시 지옥으로 떨어진다는 이야기.

: 남편 부르기

"여보~ 여보~ 여보~"

'여보'라는 소리가 좋은 건지, 대답이 듣고 싶은 건지, 내 곁에 와주기를 바라는 건지 잘 모르겠지만, 어쨌든 무의식 중에 계속 불러댑니다.

…… 버릇인가?

'여보'라는 소리를 좋아한다고 치지 뭐. 어차피 대답 안 해도 뭐라 안 하니까!

이불의 경계선

아침엔 대체로 이런 모습

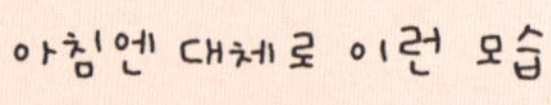

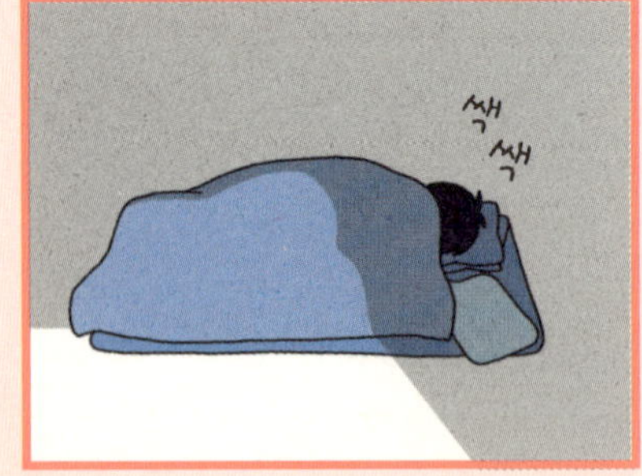

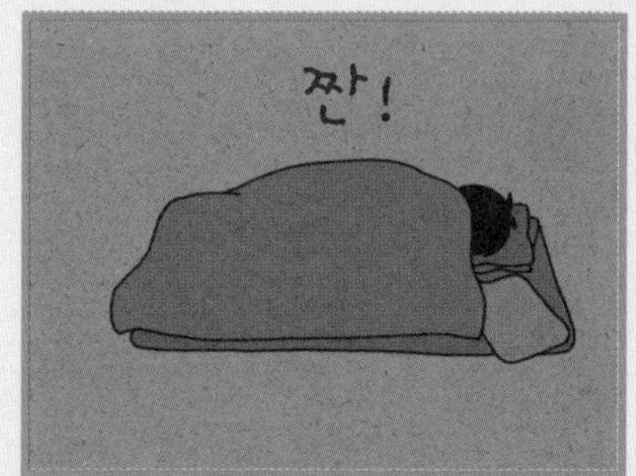
짠!

뒤척임 2

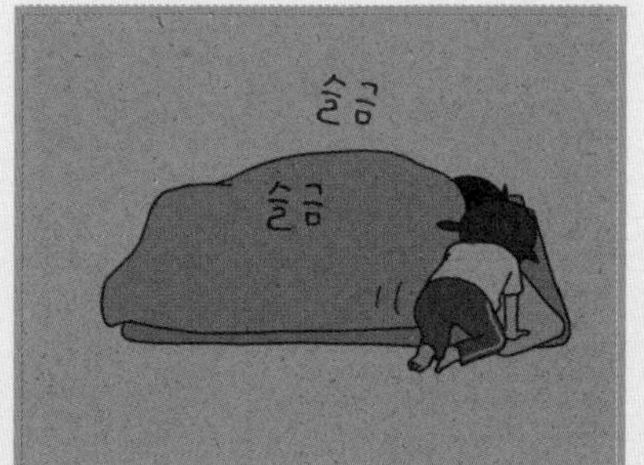
슬금
슬금

밀어냄
음…

촵!

달라붙음

뒤척임 1

오기로라도 붙어 자고 싶다.
음냐
음냐
쌕
쌕
끝

아내의 마음은 아직도 소녀

저는 남편만 보면 정신이 아찔해집니다. 인기 드라마의 남자 주인공도 제 남편에 비하면 한참 뒤떨어지는 외모로밖에 보이지 않습니다. 전 정말 남편 없인 살 수 없을 거예요.

그런데 저의 그런 마음을 몰라주는 남편이 참 야속하기만 합니다.

사실 저는 짝사랑을 잘합니다. 멀리서 그저 하염없이 바라보면서 홀딱 반하고 마는 거죠. 온갖 상상을 다하며 제가 좋은 쪽으로 상상의 나래를 폅니다(망상은 여성의 특권 아닌가요?). 어떤 사람은 이런 저를 보며 조금만 더 심하면 스토커 반열에 오를 거라고도 합니다. 순정만화를 너무 많이 봐서 그런지도 모르겠습니다.

그런 저의 성격을 훤히 꿰뚫고 하는 행동인지는 모르겠지만, 남편은 때로 제게 참 인색하게 굽니다. 남자들은 왜 그럴까요? 어느 땐 정말이지 내가 사랑받고 있나 하는 생각이 듭니다. 그러면서 불안해집니다. 이건 결혼 전이나 결혼 후나 마찬가지입니다. 그런데 오늘도 "내 사랑을 받으려면 노력이 필요해"라는 남편의 한마디.

여심

에잇, 정말 치사하다. 하지만 그래도 좋은 걸……. 아아! 이 억울함을 누구에게 토로하리오.

여자의 마음은 왜 이리도 복잡한 것인지…….

우리 부부의
사랑 앨범

우리의 신혼여행
Honey Moon

M O O N
미국은 처음이라고?
미국 어때?
음… 음… 커…
BIG
새벽 2시
HAHAHA!!
'빅'
이라고
하면
안 되나
숙박은 수영장이 딸린 별장에서
YA-
HAHA
HA
HU-
우린
합류하기가
좀……
창피해서
사람이
없을
때까지
기다림.
아직
사람들
있습니다요!!
새벽 4시.
고맙게도
아무도 없다.
씩씩하게
GO!
시차
때문에
안 졸려
하하하
호호호

타국 땅에서
로맨틱 전용 풀장
하하하
와아~
호호호
기분 망치게 만든 '사건' 발생.
일본의 수치를 또 수출.
인 룸에 카드키를 포겟해서요…
파든?
그래도 그렇지 새벽 5시에 이런 꼴로 프런트에서…
그러니까 머시냐, 키를 인한 채로 도어를…
여보, 아자!
등떠민 남자
이런 건 좀 남자가…
그리고 별장 침대가 이 모양이고 보니
매트
나무틀
남편은 제일 아픈 부분을
데굴 데굴 데굴
아 아 아
꽉! 으아
얼마나 부딪쳤는지… 정말 웃겨서… 아니
조심 좀 하지
불쌍했다
그랬다나 뭐라나~
외국인은 다리가 길어서 안 부딪치나…
헉!
찌릿!

또 그러고는요 ……?
또요? 음~
좀 더 뭐랄까 … …
아, 참! 귀국 비행기!
악천후로 인해 환승 시간이 불과 10분!
전력 질주!
기내에서는 남편 혼자만 불량한 자세로 앉아 있어서 창피했다.
허리가 아픈데 어떡해~
그러지 마~
추억이라야 뭐 그 정도죠.
가물 가물
가물
가물 가물
그래도 꽤나 재미있었을 거예요. 아마도
그 정도면 됐어요 …….
별로 기억나는 건 없지만 …
몇 년 후
비행기에서 짐이 너무 늦게 나오는 바람에 … …
남편도 같은 생각이었죠.

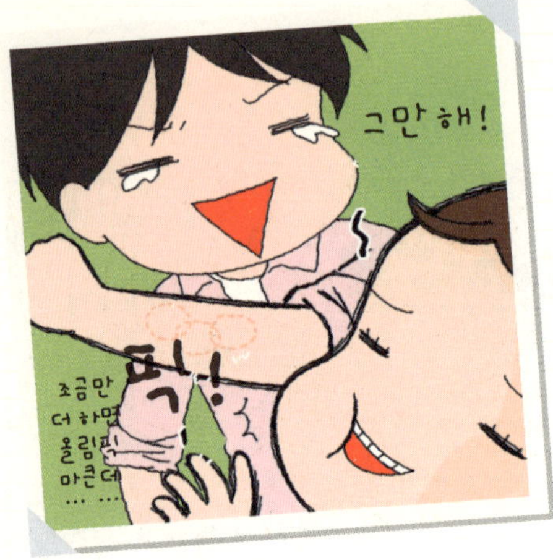

남편 깨물기를 좋아합니다.
물론 카니발리즘 같은 건 아니에요.
그럼…….

남편의 정장 차림에 저는 늘 반하고 맙니다.
"여보~ '사랑해' 라고 말해줘~"
"휴우~ 대책이 없군. 그래 알았어. '사망해~'"
머, 머시라고라고라고라!

남편 마사지 해주는 게
슬슬 귀찮고 힘들어질 때쯤
"난 다시 태어나도 당신과 결혼할 거야."
남편이 이렇게 말하는 거 있죠.
남편의 속마음이 훤히 보이지만,
번번이 속고마는 저랍니다.

남편이 집에 돌아오면 전 너무나 기쁩니다.
"여보~ 안아줘~"
"흐음 또 시작이군. 그래 안아줄게!"
뭣이야! 안는 것과 잡는 것도 구별 못해~~~!

"감기 걸린 것 같아!"
이렇게 우기는 남편.
꽃가루 증후군의 계절이군.

달리면서 남편의 입술을 훔쳤다.
"호호호호, 괴도 루팡 같지 않아?"
"그렇게 뚱뚱한 루팡 봤어?"
"뭐? 그럼 내가 뚱뚱하다는 거야,
당신?"
"왜 그래? 나도 마찬가지인데 뭘~!"
"뭣이라?
그걸 지금 변명이라고 하는 거야?"

팔짱을 끼려고 하면
남편은 팔에 힘을 주어 몸에 붙인다.
완전 재미붙였다!

남편에게서 내가
전부터 갖고 싶어하던 것을 받았다!
여보~ 당신 최고야! 사랑해 여보~~
그런데 그 대신에 자유를 요구하다니!
있을 수 없는 일이야!

"남편 교육을 잘못했어!"
너무 오냐오냐 했어!
"아내 교육을 잘못했어!
초장에 잡았어야 하는 건데!"
이미 늦었어!

우리 남편이
이렇게
자상하다니!
……혹시 올가미?

남편은 도시 사람이라서 그런지
죽방울 같은 건 잘 못합니다.
난 아주 잘하는데…….
우하하하하하!
남편에겐 항상 압승을 거두지요.
내겐 아주 소중한 한때.

2001.
6.11

우리 집에서 'bangguy'는
이유를 막론하고
그 모든 책임이 남편에게
있는 것으로 규정합니다.

2003.
9.3

처음 가본 사파리 파크의 감격!
사자를 안고 기념 촬영!
본능적으로 위기를 느낀 것인지
내 눈은 이미 맛이 갔다.
남편의 저 표정은 뭐지?

남편의 뜨거운 포옹

남편 : 저온 화상 공격!
열이 날 때까지
온갖 술수를 동원하는 마음은 가상하지만,
돌려줘! 나의 설레는 마음을 돌려줘!

2005.
7.22

2004.
10.4

오늘 아침은 모처럼 화창하다.
그림자가 깨끗하게 비친다.
"눈 만들기~" 하며 남편이 선수를 친다.
"눈은 두 개가 있어야지." 하면서
옆에서 나도 만들었더니
"역시 애야!" 한마디 한다.
그 말! 톡톡히 되갚아줄 거야!!!

전력 질주!

제4장

내 맘에 쏙 드는 것들

과자에서 일용품까지
내 맘에 쏙 드는 아이템!

과자

"'石作' 이야!"

"아무리 봐도 '君作' 인데 뭘~"

인터넷으로 검색해봤습니다.

'名作' 이더군요.

"그렇구나~!"

"그러게~!"

한마디 더

글자는 알아볼 수 없었지만 맛은 알아볼 수 있었답니다. ^^

: Pet Tree

이 휴대폰 고리엔 말이죠 진짜 선인장이 들어 있어요.

일주일이나 이 주일에 한 번 캡슐 부분을 물에 담그기만

하면 돼죠.

쬐그맣고 얼마나 귀엽다구요.

살~짝 아쉬운 점이 있다면 너무 짧다는 거…….

자라는 게 너무 빨라 캡슐은 벌써 떼어버렸습니다. 지금은 그림의 네 배 크기.

가벼운 도마

주방에서 없어서는 안 될 물건, 도마.

하지만 가장 거추장스러운 존재이기도 하죠.

그래서 가느다란 것을 샀더니 썰 때 감칠맛이 없어서 영

아니올시다네요. 그런데 이번에 나온 이 도마는 오홍~ 부

드럽고 쓰기도 편해요!

벽에 사알짝 걸어두면 물기도 금방 빠집니다.

내 맘에 꼭 들었어요.

한마디 더

같은 회사에서 나온 '세라믹 부엌칼'도 애용 중.
칼 연마 무료 이용권(1회)도 붙어 있어요.

생선 삼매경

전갱이(생선) 껍질 벗기기나 오징어 껍질 벗기기에 좋은(그 외의 용도는 없네요……ㅠㅠ) 아이디어 조리 기구.
한 번 써보고는 힘들겠다 생각을 했는데, 요즘은 아주 요긴하게 쓰고 있습니다.
정말 편하더라구요.

한마디 더

전갱이나 오징어, 다 아내만 좋아한대~요…… ㅠㅠ

행복 피노

'피노'에는 '행복 피노'라는 게 있다는 말을 들었다.
그리고 며칠 전에 드디어 하트 모양의 피노를 발견하고야
말았다.

"이런 곳에 있었구나!"

남편을 위해 소중하게 간직해두었습니다.
저, 좋은 아내죠~~♡

모듬팩에 들어 있는 아몬드맛.
그 맛만 따로 모은 팩이 나오기를 고대하겠습니다.

주) '피노'는 바닐라 아이스크림에
초콜릿을 입힌 것.

마음을 주는 우유

상식을 뒤집은 무살균 우유입니다.

목장 사람들이 무척이나 공을 들여 만든다고 하네요.

"아아! 내 생애 최고의 우유~"

달착지근하면서 감칠맛 나는 이 오묘한 맛.

오호~ 크림 향까지~ 후우!

한마디 더

홋카이도 도카치 지방의 '나카사쓰나이 레이디스팜'에서 제조.

: 크림존

플로리다에 여행 갔을 때 껍질째 먹을 수 있는 포도를 발
견했습니다. 남편과 함께 미친 듯이 먹었어요.
씨가 없고 껍질도 얇은 데다 사각사각 씹히는 맛도 일품.
이름은 크림존이었던 것으로 기억합니다.
슈퍼에 가면 늘 그것들이 우리를 기다리고 있었죠. ㅋㅋ
기회가 있으면 꼭 드셔보세요.

한마디 더

정식 명칭은 '크림존 시드레스'. 씨가 없고 껍질째 먹을 수 있으며, 씹는 맛도 일품.

껌

껌 씨는 종이.

의외로 메모하는 데 좋더라구요.

문구점에서 파는 포스트잇은 너무 작거나 너무 커서 사용

하기가 좀 그랬거든요.

아~ 물론 돈 때문에 그런 건 아니죠!

크기가 정말 딱이었다니깐요.^^

껌은 티슈에 싸서 버리시구요!

ː 대나무 시트

마음에 두고 있던 대나무 시트를 큰맘 먹고 질렀습니다.

시원한 게 여름에는 꼭 필요할 것 같더라구요.

처음에는 약품 냄새가 빠질 때까지 매일 응달에서 말려야

한다는 게 단점! (굉장히 무거움)

가끔 다리 털이 끼어서 마구 뽑힙니다. ㅠㅠ

귀열림 베개

옆으로 누워 있어도 소리가 잘 들리도록 만들어진 베개.

파우더비즈가 꽉 채워져 있고 의외로 튼튼하게 만들어졌다.

일반 베개보다 진짜 진짜 잘 들린다니까요~

아이디어에 박수!

남편은 이런 걸 좋아해요

착한 하양이

촉감이 너무 좋다

솜하고 천을 고정시키는 끈인 줄 알고 잘랐더니 어디로 도망가버렸네……
다시 꿰매줘. 얼굴을 돌려줘~
아이 참~

자, 봐요!
통 통

자, 됐지!
단추

또 뭐?
입이 마음에 안 들어…
아니라… 아~! 하양이 귀엽다~

그런 돼지 코는 싫단 말야~~~

휙!
으랏차차차차
으앗!
휘리릭!

으이그~

하양이……
여러 의미에서 나의 적!
푸욱!

나 좀 데려가줘!

마쿠하리 멧세나 도쿄 빅사이트에서 개최되는 전시회에 자주 들르는 편입니다. 두 곳 모두 우라야스에서 가까워 부담 없이 갈 수 있습니다.

예를 들어 'ISOT(국제문구전)'는 문구 전시회. '기프트쇼'는 퍼스널기프트와 생활잡화를 선보이는 국제무대. 대기업에서 개인 상점, 해외 기업까지 부스를 마련해 각종 제품을 전시합니다. 원칙적으로는 기업용 행사이지만, 개인도 참가할 수 있습니다. 일단 전시회에 가서 이름과 주소를 남기기만 하면 초대권을 보내줍니다.

정식 시판되기 전의 신상품이나 재미있는 물건이 많고 판촉물도 공짜로 받을 수 있습니다. 전시회장이 너무 넓어 몸은 녹초가 되지만요. ^^

참! 전시회는 아니지만 마쿠하리 멧세의 프리마켓도 또다른 즐거움을 줍니다. 전에는 필요 없는 것까지 사는 안 좋은 버릇이 있었는데, 요즘은 흥분하지 않고 구경하는 여유가 생겼습니다. 예전과 달리 요즘의 관심은 먹는 쪽에 더……. 매년 홋카이도 물산전이 열리는데, 그때 먹은 '마늘이 든 소시지'는 참 맛있었는데!(이런 기억만 있네요)

생선 삼매경

컨벤션 시설의 이벤트 정보를 조사하다 보면 재미있는(맛있는) 것이 많습니다. 입장료가 들기는 해도, 한 번쯤 가보는 건 어떠실지요?

유미씨의 캘린더

1 January

새해 기원

우리 부부의 새해 첫 대결!
하긴 우리 부부는 인생 자체가
대결입니다.
저는 대수롭지 않게 여기지만, 남편은 필
사적입니다. 좀 어른스러울 수는
없는 건지 원!

일본의 새해 복점에서 大吉, 中吉, 小吉, 吉, 半吉, 末吉, 末小吉, 凶, 小凶, 半凶, 末凶, 大凶 등의 운세가 나오는데, 이 순서를 일반인들은 잘 모른다고 한다.

2 February

우라야스의 세쓰분

세쓰분이군요! 지바에서는 땅콩을 뿌립
니다. 저는 어머니가 간사이 출신이라서
길하다는 쪽을 향하고는 마키를 하나
먹습니다.
김 생산업계의 마케팅이 영향을 미친 것
같기는 하지만, 개의치 않습니다.
김을 먹읍시다, 김! 너무 좋아요!

세쓰분 : 입춘 전날을 가리킴. 이날 일본에서는 콩을 뿌리면서 집안의 악귀를 쫓아낸다.

꽃구경

'홈페이지나 만들어볼까?' 하는 생각을 갖게 한 그림입니다. 마침 벚꽃이 활짝 피었었죠.

만우절

"오늘 만우절이지?"
"아, 그렇네."
"여보~ 사랑해요~!"
아마 솟구치는 사랑의 감정을 멈출 수가 없었을…… 걸요?

5 May

어머니날

오늘은 어머니날이네요.
어머니께 감사의 마음을
전해드려야지요.
오늘은 시부모님께 갔습니다. 시어머니
는 "카네이션이면 됐다, 얘야." 하시지
만, 그럴 수는 없죠. 점수를 확실히 딸 수
있는 절호의 찬스인 걸요.

일본은 어머니날과 아버지날이 따로 있다.

6 June

아버지날

아버지날에는 선물 걱정을 안 합니다.
왜냐구요? 이거 한 병이면 상황 끝이거
든요! 정말 맛이 끝내줘요. 이거 사고 싶
으시면 "'닷사이' 주세요." 하시면 됩니
다~^^

칠석

"제 아내가 S라인이 되게 해주세요."
혹시 이런 소원을 빌었는지 남편에게
물어보았다.
남편은 그렇다 아니다 대답은
하지 않고, 이렇게 말해주더라구요.

선풍기의 계절

올해는 에어컨을 켜지 않고 버티자!
이렇게 결심했는데, 정말 더워도 너무
더워요. 그런데 문득 떠오른 아이디어!
선풍기 앞에서 분무기 뿌리기!
이렇게 하면 마치 폭포 아래에 있는 느낌
이 들어요!!! 음이온이 나오는 것도 같고!!
여러분도 해보세요.

추석

보름달 아래에서 떡을 쌓아올립니다. 저 모양으로 쌓아올리려면 14개가 필요하거든요. 그런데 저걸 둘이 다 먹으려니 꽤나 힘들더라구요.

금목서

금목서를 너무너무 좋아하는 저는 이 즈음이 정말 행복합니다. 아침에 문을 열면 확 밀려드는 향기가 좋습니다. 하지만 남편은 못 느낀다네요. 일반적으로 후각은 여자가 더 예민하답니다. 마술에 걸렸을 때는 무디지만, 배란기에는 예민하다고 합니다. 굉장하죠? 본능인가?

금목서 : 원산지는 중국으로, 정원에서 가꾸는 나무이다. 초가을에 주황색의 잔꽃이 잎겨드랑이에 많이 모여 핀다.

11 November

만추의 계절

쌀쌀해졌습니다.
하지만 남편은 아직 코트를 입지 않습니다. 춥다 춥다 하면서도 입지 않습니다.
회사 사람들이 입지 않으니까 안 입는다네요.
이게 무슨 말도 안 되는 시추에이션인지…….

12 December

연하장

일부러 직접 만들어서 인쇄를 맡겼는데 죄다 거꾸로 인쇄되다니…….
아흑 ㅠ.ㅠ

제5장

유미씨의 평범한 하루

아주 평범한 하루라도
매일 매일 새로운 발견!
제가 즐겁게 사는 법,
한번 보실래요?

:자동잠김문

아파트 현관이 자동잠김문이라서 참 다행이라는 생각이
들 때,

'택배 아저씨가 현관까지 도착하는 데에 시간이 걸린다!'

초고속으로 맞을 준비 완료!

한마디 더

택배 아저씨가 돌아간 후에는 바로 원 상태로 되돌아갑니다.

나의 우체통

내 가방에 넣어두면 영원히 우체통에 들어가기 힘들거든
요……. ㅠㅠ

그만 하셔~!

과자의 요정

해마다 두세 번 떡의 요정이 내려옵니다.

달콤한 과자의 요정도 해마다 한 번 정도 내려옵니다.

한마디 더

지쿠지의 '모스케당고'가 맛있다. 우라야스에서는 OK플라자에서 판다.

: Sing a Song

기분이 최고조에 달했을 때 우리는 함께 노래한다.

우린 환상의 커플이당!

크엑!(칭찬이 너무 심한가?)

우리가 부르는 듀엣송으로 데뷔해볼까나?

뭐가 뭔지
모르겠다,
싹제!
싹제!
딸깍
딸깍

영어 실력

Hotmail을 사용하면 영어 메일이 자주 들어온다.
영어만 보면 어쩐 일인지 눈동자가 줄어들어 자세히 보지
도 않고 삭제해왔는데,
'OOO 씨에게 보낸 메일이 전송되지 않았습니다.'
라는 알림 메시지도 있었다는 걸 최근에야 알았다.
바부탱이!

헐리웃 여배우

〈미스 에이전트〉라는 영화를 TV로 보고 있었다.

쭉쭉빵빵 미국 여배우들이 나오는 것을 보다가 문득 거울
을 보니 그 속엔 절구통이 앉아 있었다.

한마디 더

산드라 블록이 "주름에는 치질 약이 잘 듣는다"고 하더라구요.

유쾌한 아내

슈퍼에 갔다가 계산대 앞에 섰더니
어머! 지갑을 두고 왔네.
에이, 뭐 그럴 수도 있지 뭐~

한마디 더

"누나 이제 그만 좀 하지!"
"너, 그러다 맞는다!"

페로몬

남편의 목에서 나는 냄새를 좋아합니다.

다른 부위가 아니라 바로 목!
페로몬! 페로몬이 나오는 거야! 틀림없어!

다른 사람들도 그런가 하고 친구에게 물었더니 금시초문
이라네요! 안타깝네요! 꼭 맡아보세요! 이 즐거움을 나누고
싶습니다!

헉! 수많은 동지들로부터 동의 메일이!!!

엄마의 가르침

컨디션이 안 좋을 때 "약 먹지 그래?"라는 남편의 말에
"아, 그렇구나!" 하는 경우가 있다.
어렸을 적에 약을 잘 안 먹어서 그런가?

그러고 보니 초등학생 때 열이 나는데도 학교 가지 말라는
얘기는 못 들었었지.
대개는 꾀병 취급을 당했던 것 같다.

야생동물처럼 낫기를 마냥 기다립니다.

ː환상 레시피

'요구르트와 바닐라 아이스크림을 3 : 2 비율로 섞으면 맛

있다!'

TV 방송을 따라했더니 정말 환상적인 맛이 났습니다.

그런데 그후에 몇 번이나 시도했는데 그 맛이 나질 않는다.

왜일까?

우연한 환상의 레시피였을까?

남편한테도 만들어주고 싶었는데~

한마디 더

다시 한 번 보여주시면 안 되나요?

현관 앞에서

무슨 이유에서인지 구두주걱을 사지 않은 채 8년이 지났습니다…….

아직도 안 샀어요…….

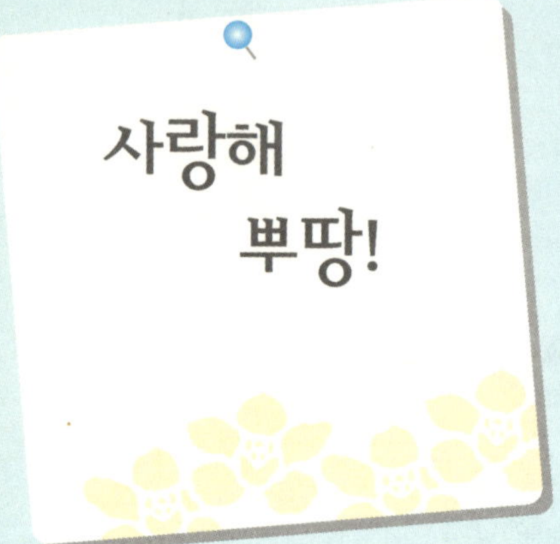

사랑해
뿌땅!

나는 문조…. 이름은 없다.
이, 있어요.
뿌땅이에요.

출생에 대해서도 아는 게 없다.
5년 전,
페트 숍에서
1,200엔에
…

기호품은 쌀. 생쌀이든 밥이든 OK.
응?
끼르~요
깜딱야

싫어

단, 요기부터
쪼아 먹는
건 권장 불가.

여기 여기가 가장 안전하다.
성가시군…

휴식을 위한 별장은 몇 개가 있는데 우선은 따뜻해야 한다.
따끈
따끈

낮 동안의 베이스캠프 (FAX)로 적이 침투하지 못한다.

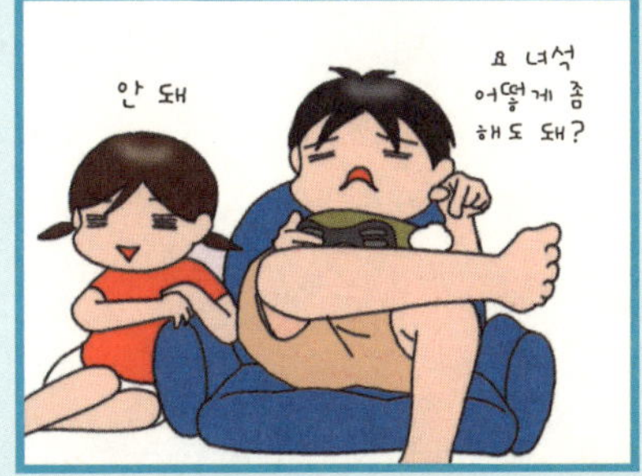
안 돼
요 녀석 어떻게 좀 해도 돼?

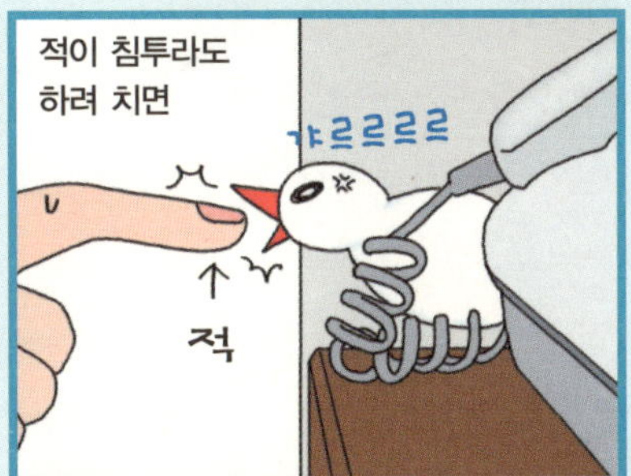
적이 침투라도 하려 치면
갸르르르르
↑
적

밤에 잘 때는 보디가드가 집까지 호송케 한다.
그래 그래
잘 거야

요 안이 휴식처
물론 전사에게는 휴식도 필요하지.

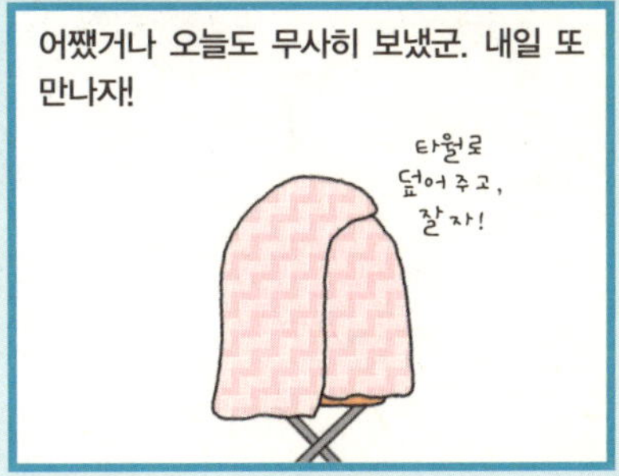
어쨌거나 오늘도 무사히 보냈군. 내일 또 만나자!
타월로 덮어 주고, 잘 자!
끝

뭘 이런 걸 다!

"나 어디가 좋아?" 남자에겐 성가신 이 질문을 슬쩍 던져보았습니다.

남편 : 스스로 똑똑한 여자라고 생각하는 엉뚱한 구석이 있는 점!

자자자자잠깐! 다른 건 없어?

남편 : 그릇을 깨먹었다고 하지 않고 그릇이 깨졌다고 표현하는 점!

좀더 긍정적인 의견은 없나요? 요리를 잘한다든지, 착하다든지, 사랑스럽다든지……. 사고방식의 차이나 실수하는 것만 지적해가지고서야 원…….

이런 남편은 제가 무슨 귀찮은 일이라도 시킬라치면 "뭘 이런 걸 다!" 하고 말합니다.

"뭘 이런 걸 다! 심심하던 차에 잘 됐네요!" 정도의 의미로 하는 말입니다.

여기서 잠깐 제 변호 좀 하고 지나가겠습니다.

제가 원래 돌다리도 두드리며 가는 스타일이거든요. 이번에 이렇게 하면 다음엔 저렇게 하고 또 요렇게 해보는 등 생각에 생각을 거듭해 위기를 피해가는 성격 있잖아요. 그런데 꼭 결정적인 순간이 되기만 하면 뭔가 좀 모자란 듯한…… 호호호호호호호.

하지만 "아니, 이 사람이! 왜 또 이런 걸!"이라고 하지 않고, "뭘 이런 걸 다!" 하면서 웃어넘겨 주는 남편이 내 곁에 있어주니, 뭐 그런대로 괜찮다는 생각이네요.

유쾌한 아내

제6장

내 사랑 달링

매일 얼굴을 맞대고 사는데도
왜 하나도 안 질리는 걸까?
그건 남편이 이상해서 그래!

남편

남편은 수화기 드는 자세가 희한하다.

듣고 싶은 귀는 오른쪽 귀인데, 메모해야 할 손도 오른손

이니까 자유롭게 비워두어야 한다며 고민에 고민을 거듭

한 끝에 나온 자세라네요.

저와 알게 된 그때에도 저랬거든요 …….

○ 아내의 날

어제는 저의 생일이었습니다. 저녁식사도 좋았고……, 그리고 또……, 오늘 아침도 남편 사랑이 가득했죠.

"여보~~."

"됐어요. 아내의 날은 이제 끝났거든요?"

"아직 아내의 달이 남았잖아요!"

"이어서 남편의 세상을 한번 맞이해보실까?"

그건…… 너무 길다!

한마디 더

기나긴 남편의 해도 좋아!

좋았어!
이보세요~
꽉!

속임수

남편은 쓰레기를 쓰레기통에 던져 넣는 버릇이 있다.
그리고 회심의 한마디.
"굿!"
내가 속을 것 같지만, 자세히 보면 노 골(No Goal)인 경우
가 많다.

우리 집 상식

회사 동료들로부터 "아내와 함께 슈퍼에 가는 일은 거의 없지요."라는 말을 들은 남편.

컬처 쇼크!!!

슈퍼가 없는 도심 한복판에서 자라 그런 사정에 어두웠던 남편을 지금까지 무던히도 속여왔는데…….

한마디 더

이미 밝혀진 사실이지만, 앞으로도 잘 부탁해요…….♡♡

남편의 기쁨

요즘 남편의 즐거움은 '아내 간지럼 태우기.'

저 여인은 우라야스에 서식하는 진귀한 생물입니다.
가끔 흉폭해질 때가 있으므로 주의!!!

: 부의 상징

남편은 용기 있는 사람!!!

'부티난다'고 하면 좋은 어감 아닌가?

파트라슈

"파트라슈…… 나, 더 이상 '뭘 이런 걸 다!' 하는 것도 지쳤어……."

너무 머리 쓰는 거 아냐?

한마디 더

루벤스의 그림 앞에서 얼어죽든지……ㅠㅠ

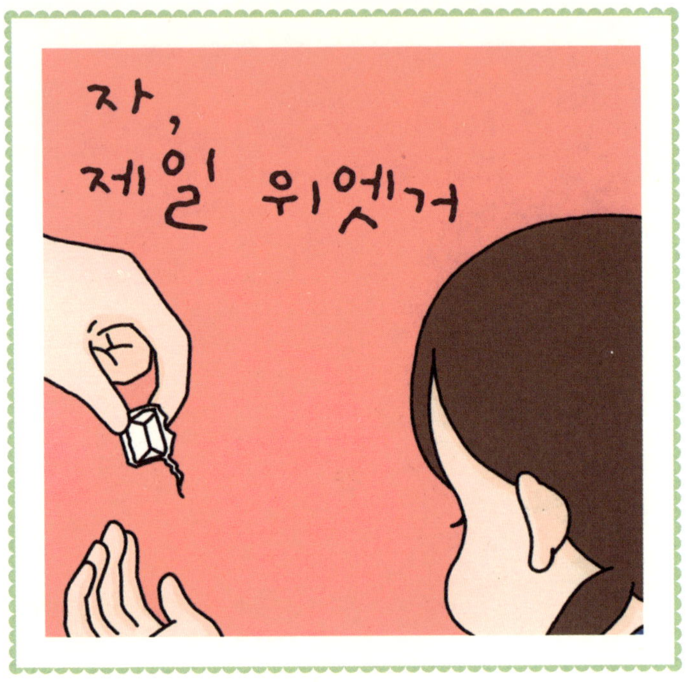

제일 먼저

남편은 껌이나 사탕을 사면 이렇게 말하면서 제일 위에 있
는 것을 나에게 준다.

좋아해야 하는 건지 어째야 하는 건지 원…….
뭐라고 할 수도 없는 미묘한 상황.

한마디 더

남편 : 제일 먼저 아내에게 주는 이 자상함!
아내 : 한마디로 쓰레기 버리라는 거지 뭐.

착한 아내

도미 구이를 얻었다. "아침 식사 대신 드세요."라고 했더
니 하나도 남김없이 해치웠다. "어머 어머! 이러면 부인께
서 화나실 텐데……." 하며 사과할 것을 요구하자,
"헤헤, 제 아내가 얼마나 마음이 넓은데요!!!" 한다.

완죤 고단수. ㅠ.ㅠ 얄미워~~!

한마디 더

나도 먹고 싶다, 머!

그건 뉘앙스가
다르잖아

똑똑해

우린 자주 '누가 더 똑똑한가' 내기를 한다.

TV 퀴즈 프로그램은 물론 일상생활의 자잘한 것까지 매일

승부의 연속이다.

이기면 물론 칭찬을 강요한다.

"나 똑똑하지~롱! 흠흠!!!"

"그래 참 똑똑도 하네요."

그런 식으로 비꼬는 건 못 참거든!!!

남편의
목욕 습관

달그락
달그락

입욕제
좋아함
오늘은
이걸로
해야지~
입욕제

풍
덩

너무
오래 본다…
꺼내놓은 쪽이
더 나빠 뭐!
禁

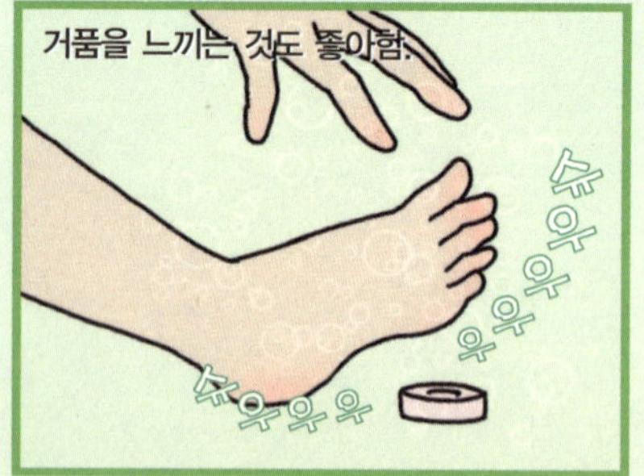
거품을 느끼는 것도 좋아함.
수우우우
수우우우

떠오른다.
둥실

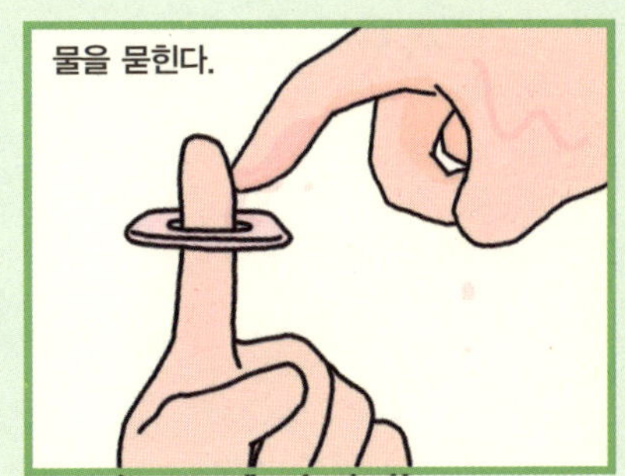
물을 묻힌다.

구멍에 손가락을 넣는다.

화아아아
파락
파락
파락
파락

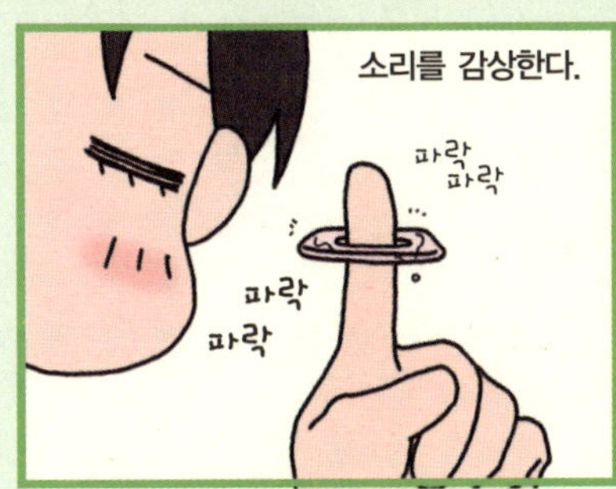
소리를 감상한다.
파락
파락
파락
파락

그렇게나
좋으셔?

파 …
파 …
물기가
말랐다
어라?

뭐,
뭐야!?
끝

남편의 속마음

Q1 아내의 첫인상은?

설치류 같았습니다. 둥글고 자그맣고……. 삼각형까지는 아니었죠. 잘 웃고 귀여운 편이었습니다.

Q2 결혼하게 된 결정적인 계기는?

음…… 사람 사귀는 데 익숙지 않은 제가 별 긴장감 없이 함께할 수 있었기 때문이죠. 게다가 사귈 때는 거의 매일 붙어 다녔기 때문에, 함께 있는 것이 당연하다고 생각했던 것 같습니다.

Q3 아내의 좋은 점은?

절대 지려고 하지 않는 성미라서 골려먹는 재미가 그만입니다. 보고 있으면 얼마나 재미있는데요. 엉뚱한 실수를 그렇게 많이 하면서도 절대 인정하려 들지 않고 치졸하게 속이려고 하지요. 정말 재미있어요.

파트라슈

Q4 아내의 안 좋은 점, 고쳤으면 하는 점은?

(이 질문에 곧이곧대로 대답했다가는 끝장이죠?) 음…… 사~알짝 살찐 것?

Q5 결혼 초기와 지금을 비교할 때 아내가 달라진 점은?

요리 솜씨, 외출 빈도, 그림 솜씨 등

열거하기에 힘듦(결정적인 진실을 밝히기엔 위험 부담이 큼).

Q6 지금까지 아내에게서 가장 놀란 점은?

집 안에서의 표정과 밖에서의 표정이 너무나 다르죠. 밖에서는 그렇게 잘 웃는 사람이 말이죠, 안에서는 얼마나 드세게 나오는데요. 도저히 동일인이라고 생각하기엔……. 흠흠!

Q7 그림일기에 표현된 자신을 본 소감은?

일기 내용은 거의 논픽션이지만, 유일하게 저에 대한 내용은 픽션대마왕입니다. 사실은 살짝 살찐 아저씨거든요. 아마도 아내의 촉각으로나 실눈으로 보면 제가 그렇게 귀엽게 느껴지나봐요?

Q8 좋아하는 여성 스타일은?

그건 확실하게 말씀드릴 수 있습니다. 외적으로는 키가 크고 숏컷을 한 검정 머리에 소년 티가 나는 사람. 내적으로는 머리가 좋든지 아니면 운동을 잘하든지, 피아노를 칠 줄 아는 사람. 그렇죠! 맞아요! 모두 아내와는 정반대예요.

Q9 아내의 요리 중에서 좋아하는 것은?

수제햄버거와인소스(물론 제가 지은 이름입니다)를 좋아합니다. 그런데 직접 만들지 않은 요리까지 맛있다고 해서 비난을 사고 있죠(전자레인지에 데우기만 해서 먹는 음식 같은 거 있잖아요).

Q10 아내와 결혼해서 참 좋았다고 느낄 때는?

뭐 대단한 데에 있는 것은 아니구요, 둘이서 공감하는 체험을 할 때가 그렇습니다. 엉뚱한 실수를 목격했을 때는 참 행복하다는 느낌을 받습니다. 그리고 아파서

입원했을 때는 정말 헌신적으로 간호해주더군요.

Q11 아내에게 비밀로 하는 건 있나요?

예? 그런 게 없는 사람도 있습니까? 물론 있죠. 그걸 말할 것 같소?

Q12 평소 좋아하는 '하양이'에 대해서 한 말씀!

저는 그렇게 부드러운 느낌을 너무 좋아합니다. 그런 감촉에 1미터나 되는 인형을 2,500엔에 살 수 있다니 대단하죠. 좀더 커도 되는데……. 근처 대형 마트에서는 아쉽게도 이제 팔지 않더라구요.

Q13 독자들에게 인사 한 말씀

작심삼일대마왕 아내가 5년 동안이나 계속할 수 있었던 것은 모두 독자 여러분의 열렬한 반응(응원 및 지도편달 등) 덕이라고 생각합니다. 따라서 아내의 머리로 만들어낸 표현 또는 그림에 대한 여러분의 감상이나 응원이 이후의 그림일기에도 큰 활력이 될 것이므로, 앞으로도 잘 부탁드리겠습니다.

Q14 아내에게 한마디!

제가 그림일기의 가장 큰 팬이라고 자부합니다. 그러니까 제가 살아 있는 동안은, 갱신 주기를 늦춰도 되니까 계속 이어갔으면 좋겠습니다. 단, 남편과 관련된 내용은 줄여도 좋을 것 같습니다. 가끔 지인들로부터 제 인격을 의심받는 경우가 있거든요.

관광정보

동으로 서로 남으로 북으로

우리 부부의

레저 포인트!!!

：스파·하와이엔즈

주로 기포탕과 사우나를 애용했습니다.

어디 보자~~ 좀 빠졌나?

어머! 어머!

거짓말처럼 빠져버렸네~!!ㅋㅋ

나이 드신 분이 다시 찾는 경우가 많은 듯! 평균연령이 높더라구요……^^

⠇후지 사파리 파크

새에게 먹이를 줄 수 있는 이벤트가 재미있다. 다람쥐원숭이 우리에서는 살짝 팔을 내밀면 훌쩍 뛰어 올라온다.

어깨에 원숭이를 태워보는 건, 〈엄마 찾아 삼만리〉를 본 후로 꼭 해보고 싶었던 일이라서 감격! 감격!

내가 입은 옷에는 끈이 많아 원숭이들이 잡아당기고 난리도 아니었다. 원숭이들의 인기를 얻으려면 끈 달린 옷이 OK!

먹이를 줄 때마다 잔돈이 솔솔 나갑니다.

: 『USJ』

USJ에 다녀왔습니다.

버스로 말이죠. 그것도 왕복심야버스.

정말 싸더라구요(서른 넘기면 이건 타지 맙시다).

*백드래프트(back draft)는 오른쪽 줄에 서면

불 가까운 쪽이라 더 재미있습니다.

*백드래프트(back draft) : 불기둥과 열풍 속을 탐험하는 놀이기구의 일종

한 마디 더

공원 밖에 있는 'bubbogump shrimp'의 'shrimping dippin broth'가 맛있어요.

넓은 부지(도쿄돔의 27배)에 푸른 잔디가 한껏 펼쳐져 있는 절경! 퍼트 골프나 잔디 썰매 등을 즐길 수 있습니다. 어른 입장료 900엔.

ː 도쿄 독일마을

드디어 오고야 말았습니다. 도쿄 독일마을.

지바에 있는데 도쿄라는 이름이 붙었네요.

그리고 독일?

"홋카이도에 갔었어!"

해도 될 만한 사진을 찍을 수 있습니다.

여유 있게 시간을 보내고 싶은 분들은 꼭 가보세요. ^^

한마디 더

마을 안에서의 이동은 자동차로! 자동차가 아니면 도저히 이동이 불가함!

:TD S

우라야스 시민의 특권, 'Tokyo Disney Sea' 프리오픈에 다녀왔습니다. 조명에서 난간까지 세세한 부분까지 공을 들여 실제로 외국에 온 듯한 착각이 들게 합니다.

그런데 이 사람들이 다 우라야스 시민?!

알 수 없는 웃음이 나왔습니다.
우라야스 시민이 이렇게 많았나?

한마디 더

2시간이 넘게 기다렸다구요…… 정말 사람들 많다!

우라야스 해변 공원

친구와 같이 갔다가 큰 불가사리 같은 걸 이 공원에서 봤습니다. 그걸 갖고 싶어 하는 남편. 하는 수 없이 함께 갔습니다. 그런데 해변에는 세찬 바람이 불어 우산은 펼 수도 없는 상황. 그 험한 상황 속에서도 불가사리를 찾는 우리……

앗! 따거 따거! 빗줄기가 따갑다!

결국 불가사리는 건지지도 못하고……. 나이도 서른인데 방정대마왕이었습니다. ㅠㅠ

내 고장 '우라야스'

내 고장 '우라야스'는 지바 현에 있습니다.

에도가와를 사이에 두고 건너편은 도쿄 에도가와 구(區)인데, 도쿄디즈니랜드가 있다는 이유로 사람들은 '지바 주제에!' 라는 말을 서슴지 않습니다.

그 디즈니랜드 덕에 시의 재정이 넉넉하다는 소문이 있는데, 다행스럽게 시청사가 호화스럽지 않고 소박해서 마음에 들었습니다. 이사올 때 말이죠.

규모가 작은 시이지만, 리조트 지역, 어촌, 고층 건물 등이 줄지어 서 있는 신개발 지역(이곳에 사는 부인네를 '마리나제' 라고 합니다) 등 세 지역의 색깔이 확연히 구분되어 있는 곳이죠. 우리는 아무 데도 소속되지 않는 애매한 지역, 즉 그 중간쯤에 살고 있습니다. 이래봬도 슈퍼마켓은 아주 많아서 살기 편하다구요.

명물 하면 역시 조개구이 정도일까요? 그리고 4년에 한 번 큰 축제가 열립니다. 그렇다고 올림픽은 아니죠.

남편에게 우라야스의 인상이 어떠냐고 물었더니 "선거 입후보자들의 외모가 소박하죠."라는 엉뚱한 대답! 무슨 말을 하는 건지 원…….

우라야스 해변 공원

도쿄에서 차로 고속도로를 달려오다 보면, 갑자기 시야가 확 트여 시원합니다. 적당히 시골이면서 또 적당히 도회적이어서 살기 좋은 곳입니다. 앞으로도 계속 우라야스에 살고 싶습니다.^^

맺음말

이 책의 소재가 된 제 홈페이지는 2001년부터 시작해 지금까지 꾸준히 업데이트되어 왔습니다. '풋' 하고 웃음을 터뜨리거나 '그렇구나!' 하며 고개를 끄덕일 수 내용을 전해드리고 싶었습니다. 일기 같은 건 전혀 써본 적이 없는데, 많은 분들께서 사랑해주셔서 이렇게 이어올 수 있지 않았나 생각합니다. 감사합니다.

뿌땅(문조)은 이 책의 편집이 한창 진행 중일 때 물이 남아 있던 컵에 다이빙! 발견이 늦어서 그만 죽고 말았습니다. 녀석이 죽은 뒤로는 '아! 여기에 옷을 걸어놔도 똥이 묻지는 않겠구나.' '맞다! 먹이는 사지 않아도 되지.' 하며 큼지막한 녀석의 존재를 느낄 때마다 슬픔이 밀려왔습니다. 녀석과 함께한 시간은 너무나 행복했습니다. 고마워, 뿌땅!

마지막으로 이 책을 만드는 데에 정말 많이 신경 써주신 담당 편집자
님과 디자이너, 그리고 웃음거리의 소재가 되든, 마감에 쫓겨 집안일을
제대로 돌보지 못하든 외식으로 떼우든 어떻든 불평 하나 없이 응원해준
우리 남편, 지금까지 읽어주신 독자 여러분, 마음 깊이 감사드립니다!

결혼한 유미씨는 못말려

초판 1쇄 인쇄 2008년 6월 16일
초판 1쇄 발행 2008년 6월 23일

지은이 | 호시노 유미
옮긴이 | 한유키코
펴낸이 | 한 순 이희섭
펴낸곳 | 나무생각
편집 | 정지현 이은주   **디자인** | 노은주 임덕란
마케팅 | 나성원 김종문   **경영지원** | 김훈례
출판등록 | 1998년 4월 14일 제13-529호
주소 | 서울특별시 마포구 서교동 475-39 1F
전화 | (02) 334-3339, 3308, 3361
팩스 | (02) 334-3318
이메일 | tree3339@hanmail.net
홈페이지 | www.namubook.co.kr

ISBN 978-89-5937-152-5 03830

값은 뒤표지에 있습니다.
잘못된 책은 바꿔 드립니다.

아직 남았대
머시라?!

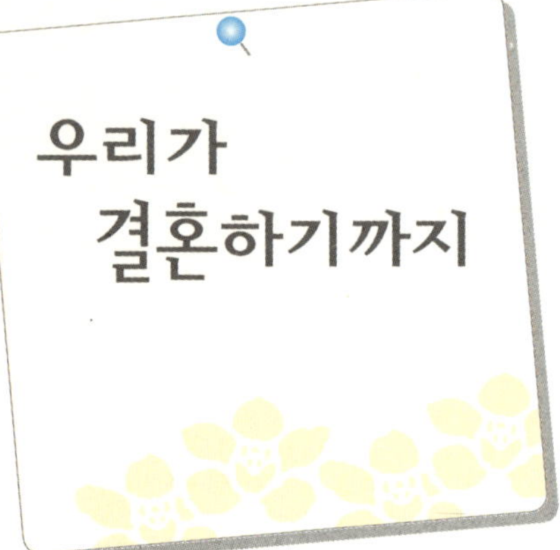
우리가
결혼하기까지

지금으로부터 수년 전…… 거품경제 붕괴 후 취업전선을 뚫고 어느 회사에 입사했습니다.

부서는 달랐지만 같은 층에 H팀장이라는 사람이 있었습니다.

우리 팀
목표는 …

저 팀장님
몇 살일까?

점심
뭐 먹지?

너
어려워

구

아무리
봐도
부하직원
보다 어려
보이는데

그땐 참 젊었지, 우리.
당신은
날씬했고 말야.   당신 배는
어떻고요!

엄청 동안인 데다 키도 꽤 작은 사람이었는데……

저어~

이것 좀 해주실
예쁜 분
안 계신가요?

풋!

훗!

반해버린 나
콩닥
콩닥♡
다른 팀이라
내가 하겠다고도 못하고…

한 달 정도 지났을 즈음
쑥스
우리… 그냥…
결혼해 버릴까요?

어느 휴일, 친구의 부추김에 H팀장 호출기로 연락을 했죠.
부르르르
으아아
삐삐 진짜
왔다아아
저쪽기가
하라고선
…

즉석에서 OK!
좋아요.

"좋아요." 흔쾌히 승낙.
뭐 먹을까
예,
뭐든지요…
어질
어질

도저히 믿기지 않아서, 진심이라면 혼인신고서 가져오라고 했더니 바로 다음날 가져오는 거 있죠.
어머머
진짜네에에

그후로는 매일 밤 데이트하기 위해 팀장님을 기다렸죠.
보통 2~4시간
왜 이리
오래 걸려…

그래서 정말 결혼하게 됐구요, 10년이 지났네요.
당신, 처음부터
끝까지 '좋아요'밖에
안 했네요…
으으음
아,
안 되는건가?

아~ 이젠
정말 끝났다.
고생하셨어.